Certe volte non mi sento una persona.

Non sono che un insieme d'idee di altr

David Bowie.

http://www.facebook.com/paolamustic(xeniakenakis)

http://instagram.com/xeniakenakis

http://twitter.com/xeniakenakis

http://plus.google.com/xeniakenakisebookamazon

http://youtube.com/xeniakenakisebookamazon

Xenia Kenakis

Coscienza oscura

Liberamente tratto da Blackout di David Bowie

Racconto lungo

Amazon Kindle Direct Publishing

A mia sorella Fosca

Presentazione

Xenia è un adolescente che vive negli anni Ottanta del secolo scorso. La sua spiccata sensibilità e intelligenza la portano a interrogarsi sulla falsità del mondo che la circonda e lei tende a isolarsi da tutti.

Xenia fatica a inserirsi nella società ma grazie all'intervento di uno psichiatra trova il coraggio di vivere.

A venti anni entra nel mondo artificioso della moda ma la situazione non migliora. Due uomini muoiono a causa sua.

Xenia finisce in prigione, come nella canzone Blackout di David Bowie. La ragazza nota che la sua vita assomiglia in modo impressionante a quella canzone. Qual è il mistero nascosto sotto a questa semplice coincidenza?

In prigione Xenia conosce Kyria e la giapponese Midori. Sarà quest'ultima che condurrà Xenia sulla cattiva strada, avviandola alla prostituzione.

Un uomo però può salvarla ... convincerà Xenia a sposarlo?

Questo racconto, all'apparenza scontato, ha un finale a sorpresa che sconvolgerà il lettore.

Il racconto è un drammatico con venature di rosa, pseudo biografico.

L'autrice

Xenia Kenakis è il nome d'arte di Paola Musticchio (Arezzo, Italia, 1966). Ha scritto soprattutto nella sua giovinezza, ma ama essere conosciuta adesso, durante l'età matura. A lei piacciono in particolare alcuni generi letterari: drammatico, fantasy, fantascienza, thriller, romance, e non ha problemi a mescolarli insieme per creare nuove gustose miscele.

Ha scritto poesie quando era ragazza e poi racconti brevi e lunghi (anni Ottanta e Novanta del Novecento), e un romanzo (anni Duemila). Ha partecipato a concorsi letterari ricevendo buoni riconoscimenti. È insegnante di musica (grazie al diploma di Pianoforte e alla Laurea di Musicologia), ed è attiva sui social network.

Pubblica le sue opere in esclusiva su *Amazon Kindle Direct Publishing*.

Ogni riferimento a persone esistenti o esistite, o a fatti realmente accaduti è puramente casuale.

Le attinenze eventualmente riscontrabili dal lettore sono da intendersi quali mero prodotto artistico non lesivo nei confronti di terzi.

Blackout (*David Bowie*)	**Blackout** (*David Bowie*)
Oh you, you walk on past	Oh tu, tu cammini nel passato,
Your lips cut a smile on your face	le tue labbra tagliano un sorriso sul tuo viso,
(Your scalding face)	(il tuo viso che scotta)
to the cage, to the cage	nella gabbia, nella gabbia
She was a beauty in a cage	Lei era una bellezza in gabbia
Too, too high a price	Troppo, troppo alto il prezzo
To drink rotting wine from your hands	di bere vino putrefatto dalle tue mani
(Your fearful hands)	(Le tue mani colme di paura) portami da un dottore, mi è stato detto
get me to a doctor's,	
I've been told	
Someone's back in town	da qualcuno che è tornato in città,
the chips are down	i giochi sono fatti
I just cut and blackout	Io taglio corto e c'è *blackout*
I'm under Japanese influence	Sono sotto influenza giapponese
and my honor's at stake	E il mio onore è in gioco
The weather's grim, ice on the cages	Il ghigno del tempo, ghiaccio sulle gabbie
Me, I'm Robin Hood	Io, io sono Robin Hood

and I puff on my cigarette

Panthers are steaming, stalking, screaming

If you don't stay tonight

I will take that plane tonight

I've nothing to lose, nothing to gain

I'll kiss you in the rain

Kiss you in the rain (kiss you in the rain)

Kiss you in the rain (kiss you in the rain)

In the rain (in the rain)

Get me to the doctor

Get me off the streets (Get some protection) Get me on my feet

(Get some direction) Hot air gets me into a blackout

Oh, get me off the streets

e sbuffo le mie sigarette

Le pantere stanno fremendo, cacciando, urlando

Se non rimani questa notte

Prenderò quell'aereo questa notte

Non ho niente da perdere, niente da guadagnare

Ti bacerò nella pioggia

Bacerò nella pioggia (bacerò nella pioggia)

Bacerò nella pioggia (bacerò nella pioggia)

Nella pioggia (nella pioggia)

Portami dal dottore

Toglimi dalla strada (dammi protezione)

Rimettimi in piedi (dammi qualche direzione)

L'aria bollente mi manda dentro a un *blackout*

Oh, toglimi dalla

Get some protection	strada
Oh, get me on my feet	dammi protezione
	Rimettimi in piedi
while the streets block off	Mentre le strade impediscono
Getting some skin exposure to the blackout	Di esporre la pelle al *blackout*
(get some protection)	(dammi protezione)
Get me on my feet (get some direction)	Rimettimi in piedi (dammi qualche direzione)
Oh, get me on my feet	Oh, rimettimi in piedi
Get me off the streets (get some protection) Get a second, get a *woo-hoo*	Toglimi dalla strada (dammi qualche direzione) Prendi un secondo, prendi un *woo-hoo*
Yeah, get a second breath and pass, second go, blackout	Sì, fai un secondo respiro e passa, secondo va, *blackout*

Roma, Italia, 25 dicembre 1985 d.C.

Blackout Uno

La casa è diventata il suo guscio.

Qualsiasi emozione è filtrata e levigata da pesanti e sontuosi drappeggi di velluto. Li ha voluti lei, insieme alle lampade di vetro opalescente, che a stento emanano un chiarore capace di penetrare la densa penombra della stanza.

Vestita di nero, sdraiata sulle coperte di un letto verde cupo Xenia ascolta la musica e si dimentica di esistere, immersa com'è in suoni dolci e surreali, pari ai sospiri e alle carezze di mitiche sirene.

Perché, si chiede, lei non può essere uno di quei suoni fluttuanti?

Cullata dalle onde sonore, dimentica di se stessa, cade senza accorgersene tra le braccia di Morfeo, ma poco dopo il rantolo acuto del telefono la strappa brutalmente a quell'amore d'oblio.

Il suo primo istinto è di non rispondere, evitare qualsiasi contatto con il mondo, far finta di non udire quell'urlo lacerante che ferisce come il vagito di un bimbo, ma la tortura si rinnova, ancora e ancora.

Si alza di scatto, isterica, agguanta il telefono e lotta per non cedere alla tentazione di farlo a pezzi.

Si trattiene, recupera parte della calma e sibila un «Sì ...» intriso di rabbia gelida.

Per nulla intimorito da quell'accoglienza glaciale, è la voce gioviale della peggior specie di buontempone a dar corpo alle ombre dall'altra parte della comunicazione.

La conversazione apparirebbe rapida e divertente a chiunque altro ma per Xenia è nauseante.

A parte tutte le battutine, le risate a mezza gola, il fiotto di parole a uso di abbellimento, il succo del discorso si riduce a ben poco.

Dopo alcuni mesi, nei quali Xenia è riuscita a far perdere le sue tracce, i suoi compagni delle superiori sono riusciti a rintracciarla e la invitano a una specie di cena collettiva dal sapore orribilmente goliardico.

Passeranno a prenderla intorno alle 21.00, il tempo d'aver radunato tutta la banda.

«Fatti trovare pronta cara, vedrai come ci divertiremo!»

Dopo la telefonata Xenia resta a lungo pensosa.

«Vale la pena vivere?» si chiede.

La curiosità la spinge, il ribrezzo la blocca, ed è lì in mezzo a quello sporco compromesso.

Xenia torna a scrutarsi in fondo allo specchio.

La lastra di vetro gelido, vibrante di ansie mai risolte, le rimanda l'immagine della sua faccia contagiata da un'obsoleta malattia terrestre.

Non un viso magro e pallido, dalle grandi iridi di colori diversi, ma un volto gonfio, intessuto di noduli dolorosi, gli occhi socchiusi, affranti, il colorito lucido sulla pelle a piccole scaglie.

Così Xenia si vede, distorcendo la realtà. Lei in realtà è molto bella.

La ragazza si valuta invece come una patetica presenza, al pari del personaggio femminile di un romanzo di fantascienza alternativa.

In quella storia la donna, amante di Thomas Jerome Newton, è perseguitata dal sesso e dai bicchieri di gin e zucchero. Almeno potessi bere gli alcolici, pensa Xenia.

Sinceramente le fanno schifo, come la sessualità e i colori forti, però allo stesso tempo resta dilaniata tra luce e tenebra, incerta sulla via da seguire, non odiando interamente il mondo ma allontanandolo, forse a causa del virus *Male di vivere* che implacabile la contagia.

Giorno dopo giorno si apparta vilmente, e copre tutte gli specchi di casa con panni scuri, per non vedere il suo riflesso; assiduamente marchia la sua persona con segni di morte, ascolta la pioggia che cade, nel tentativo di fuggire l'esistenza come tutti la concepiscono.

«Ancora non è arrivato nessuno.»

Xenia guarda a più riprese il suo misero orologio da polso, in una sorta di arcano rituale, come se il volgere lo sguardo in modo meccanico e lo sbattere delle ciglia vibranti operasse una sorta di miracolo sulle lancette annoiate e servisse a rendere più svelto il loro metodico cammino.

Le braccia spalancate delle due asticelle di metallo, 21.15, sembrano un sorriso ironico e compiaciuto. Una voce maligna e tintinnante s'infiltra nella sua mente.

«Non è un ritardo, non arriverà nessuno, lo sai.»

Di colpo comprende l'assurdità della sua mascherata: cipria, ciglia finte, rossetto vermiglio.

A chi deve piacere se continuamente le vetrine le rimandano un'immagine che le fa venire voglia di urlare per la rabbia e la disperazione, a quale Dio o

Demone deve render conto delle sue necessità primarie come ingozzarsi di cibi proibiti o avere rapporti sessuali con estranei che odia?

Perché sente quel gelo incontrollabile che le attanaglia cuore, cervello e carne?

«Le 9.25, mio Dio, sono ancora viva» pensa mentre cita il testo di chissà quale canzone.

Esce da casa, decisa ancora una volta a soffocare il suo ego, cercando una televisione oscena da guardare, ricca di falsità abominevoli e luccicanti, senza sapere che l'amico troverà la camera vuota e misera.

In uno stato d'ipnosi Xenia entra in un vecchio pub, all'angolo di un vicolo sconosciuto. Non si rammenta come sia giunta sin lì.

I suoi ricordi si fermano a quando è uscita da casa, dimentica persino di chiudere la porta dietro ai suoi passi.

«Tanto peggio, al diavolo anche la porta, e poi per quello che c'è da rubare!»

I suoi pensieri sono interrotti dall'arrivo di un ragazzo, il cameriere, che ha in mano un generoso blocco per gli appunti, i capelli scarmigliati, gli occhi rossi leggermente lacrimosi per il fumo delle cucine.

«Una piccola chiara» dice Xenia, prevenendo la richiesta del personaggio che le è davanti. Questi resta un attimo interdetto e dopo averla guardata, valutata velocemente la situazione, si volta per andare da altri clienti.

Una volta sparito il ragazzo Xenia esce infine dal suo stato di torpore. Osserva con curiosità l'ambiente in cui si trova. Le basta un'occhiata per decidere che il posto le piace, nonostante le differenze con casa sua.

Le panche di legno, le arcate di mattoni, il pavimento di coccio rossastro danno al locale un sapore di antico.

I pochi avventori non disturbano l'anacronismo del luogo, anzi, contribuiscono all'idea d'essere in un ambiente familiare, illuminato da plafoniere smaltate, riscaldato da legna ardente e aromatizzato da effluvi di resina, carne alla brace e birra alla spina.

Il piccolo boccale è servito di lì a poco dallo stesso ragazzo di prima. Xenia si accorge d'essere guardata in maniera strana.

La donna indovina i pensieri del giovane perché egli appartiene a quella rara categoria di persone con mimica molto sviluppata, il cui centro focale è rappresentato dagli occhi nocciola.

Essi possiedono una vita propria e comunicano in modo fuori dal comune. Xenia riesce subito a tradurre il loro messaggio.

«Anche tu, come me, sei sola e triste stasera; mi piacerebbe parlare con te, ma non posso.»

La comunicazione dura un'eternità di secondo e cessa bruscamente quando un cliente chiama il ragazzo il quale, quasi sollevato, obbedisce velocemente.

Il giovane non riesce a spiegarsi la ragione recondita per cui la vista di Xenia lo ha tanto turbato.

Si sente timoroso, impacciato nel rivolgerle la parola, quasi che una frase banale, detta in modo comune, possa infrangere quell'incantesimo che sembra aleggiare intorno a loro come una bolla di cristallo, provocando un fulmine di disprezzo in quegli occhi dallo strano colore.

Il cameriere si dirige verso un tavolo di ragazzi arrivati da poco, allegri e rumorosi, frastornato dal contrasto e rimpiangendo la voce grave e melodiosa che ha appena udito, invece del baccano acuto e stridente cui sta andando incontro.

Lui decide che le rivolgerà la parola dopo aver preso le ordinazioni, anche a costo di essere ridicolo.

Così, quando torna a voltarsi, è con molta sorpresa che vede il tavolo vuoto dove, solitaria, s'intravede una banconota fermata dal boccale di birra appena assaggiata.

«Perché me ne sono andata?»

Xenia se lo chiede con riluttanza, mentre cammina velocemente a testa china tra gli stretti vicoli umidi e scuri. Il gelo morde le sue carni.

«Che cosa mi ha chiamato all'esterno, o meglio, che cosa mi ha fatto fuggire da lì? Forse la vista di quei giovani, così vivaci? Oppure il mio odio per i luoghi chiusi e soffocanti? O la necessità di tornare a casa e porre fine alla noia di una serata così scontata?»

Sì, è tutto questo, ma c'è dell'altro. Gli occhi nocciola di quel ragazzo portano una domanda sospesa, rarefatta nell'aria (eppure così straordinariamente palpabile); quello sguardo esige una risposta e a lei manca il coraggio di darla.

Ha paura di cedere alla tentazione di parlare con qualcuno, di agganciare nuovi legami, ora che ha trovato il coraggio di troncare ogni rapporto umano.

Ha timore di scoprire il suo essere debole e pulsante sotto a quella dura scorza d'acciaio, che a fatica si è costruita in questi mesi. Deve stare attenta a non tradirsi, è molto inesperta del mondo.

D'improvviso, in modo repentino, è calata una nebbia gelida e lattiginosa che crea un soffuso alone intorno alla sfera dei lampioni, si attarda sonnacchiosa sugli spigoli dei tetti e scivola, languidamente viscida, lungo il ciottolato del vicolo.

Dei passi echeggiano in lontananza, smorzati, come se qualcosa di leggero avanzasse, ma non così etereo da non essere udito. Lei si volta, scruta l'oscurità, e riesce appena a distinguere un'ombra.

«Sarà un uomo o un angelo?» chiede a se stessa ricordando il vecchio gioco infantile con cui divedeva gli oggetti in due categorie: la carne o il pensiero, il reale o l'evanescente, il terreno o il puro spirito, quest'ultimo forse più accattivante della semplice materia.

«Io parlo la lingua degli uomini e degli angeli e non ho paura della morte.»

Mente, e lo sa. Ha sempre avuto paura, fin dal primo giorno trascorso su quel pianeta d'acqua.

Paura di tradirsi, di non rispondere alle attese altrui, di morire senza riuscire a realizzare nulla di concreto, solo ragnatele di nebbia e oscurità che svaniscono alla luce del sole, paura di quell'età di *spleen* romantico che solo lei rivive. Mille volte vorrebbe tendere la mano verso un ragazzo, o un vecchio, a una vergine o una madre che sia e chiedere aiuto, ma il panico l'ha sempre bloccata.

Che cosa potrebbero fare quei miseri esseri se non ridere di lei?

È allora che Xenia si ricorda di una strana canzone. La musica sincopata e poliritmica pone l'accento in modo sconvolgente al testo eccentrico, e la dolcezza di un bacio sotto la pioggia esplode improvviso in un urlo disperato:

«Get me to the doctor!»

Un dottore, forse è quello di cui lei, Xenia, ha bisogno; un medico per confidarsi, per fare emergere i suoi sogni, passioni, speranze calpestate. Qualcuno con cui parlare, ma senza lasciarsi convincere, qualcuno con cui litigare.

Xenia sorride amaramente.

«Fino a che punto sono diventata umana!»

Con il cuore pesante riprende la via del ritorno, sperando di non incontrare angeli o uomini sulla strada.

Infine si trova davanti a casa, stordita, con un gusto amaro nella bocca e nel cuore. La porta è ancora aperta, ma non controlla nulla.

«Nella mia camera l'unico elemento importante è il letto» pensa mentre si sdraia e resta a guardare il soffitto. Il sonno la coglie e le fa dimenticare la cena saltata. Sogni contorti si litigano la sua mente martoriata fino all'alba.

New York, 15 agosto 2017 d.C.

Blackout Due

A un tratto lui le fa cenno di tacere e indica quell'essere. Con la compagna ne fissa la figura per una frazione di secondo, giusto il tempo di vederla svoltare l'angolo della *Quinta Avenue*.

Un ragazzo *punk*, con tanto di chitarra in mano, rimane un attimo pietrificato dalla sorpresa, prima di perderla di vista.

Ancora, una comitiva di bambini, la cui attenzione è divisa tra il gelato alla crema e l'*Empire State Building*, si arresta come un sol uomo per cedere il passo a colei che avanza ancheggiando, incurante del mondo esterno.

Il volto, segnato da una buona rete di rughe e acciaccato dall'azzurro-lillà delle guance, il turchese acceso delle palpebre e il *glitter* rosato sulle labbra (secondo l'ultimo *trend* newyorchese), ondeggia a tempo sotto l'impulso della hageniana *Natürtrane*, e la figura flaccida trampola malferma sui tacchi piramidali.

Xenia pensa con soddisfazione che per i suoi cinquantuno anni non è poi così male se la gente si volta per strada al suo passaggio e che, in fin dei conti, può permettersi il lusso di tenere i suoi amanti sulle spine, soggiogati nel ruolo di schiavi, e facendo collaborare le altre donne.

Sì, è stata stupida in gioventù a non approfittare delle sue grazie.

Ora ne trae vantaggio in abbondanza e recupera il tempo perduto. Adesso ride aspramente di coloro che l'hanno respinta quando era bella e fresca, quando lo *spleen* dei poeti maledetti è gravato sulla sua testa come la spada di Damocle.

Tutti la cercano, ora, uomini di ogni età e ceto. Xenia s'illude che siano i suoi spasimanti, quando le è fin troppo chiaro, per primo a se stessa, che lei è la punta di diamante della delinquenza organizzata della grande mela.

Chiunque le si rivolga può avere in modo rapido, segreto, comodo, la droga, le prostitute, gli omicidi.

Xenia percorre col pensiero la sua vita.

Realizza con vaghezza di essere passata da un estremo all'altro. La sua coscienza oscura, però, non se ne dà peso. È riuscita a non inserirsi nella società ed è viva, regina di quelle facce cadaveriche che chiedono una dose, di quelle bocche goduriose che chiedono facile sesso, di quegli occhi in preda all'odio che chiedono morte.

«Chi è Mozart? Chi è Baudelaire?»

Queste domande sono annegate, ormai, nella laguna putrida della sua mente e lei si accorge solo ora di quanto si è vista vivere durante l'adolescenza, di quanto si è chiusa per anni nel suo triste mausoleo.

Dopo le sedute dallo psichiatra, la settimana successiva alla fuga dal *Pub*, in lei è emersa una sfida: continuare a vivere da sola, fidandosi delle proprie forze e non di quelle di un qualunque piccolo dottore, laureato per corrispondenza all'Università di *Harvard*.

Oh, ne ha piene le tasche di sapientoni che le sputano addosso nozioni masticate e consunte:

«Caso di depressione asociale, affetto da mitomania. Temperamento frigido e autolesionista».

«Andate al diavolo!» grida Xenia dentro di sé.

«Io sono tutti e nessuno, e il mio pensiero crea!».

Già, il pensiero. Lei però non vi ha trovato consolazione e si è rivolta al cibo.

In breve è diventata grassa e molle.

Ha anche bruciato tutti quei libri i cui protagonisti sono poveri eroi decadenti, poeti patetici estraniati dalla vita per la loro incapacità di adattarsi a essa e uscire così dal mostro della tristezza.

Ha distrutto quei libri perché le ricordano i suoi fallimenti, lei che, fin da giovane, è stata così attaccata agli oggetti materiali e non ha mai avuto il coraggio di ammetterlo, lei che non è riuscita a essere come quei personaggi di fantasia, per anni amati come idoli, lei che non è voluta restare sola, nonostante si sia isolata da tutti.

Da quelle visite è cambiata, dapprima in meglio poi, per ripicca, in peggio.

Ha soddisfatto così tutti i desideri accantonati in precedenza, come il mangiar bene, l'alcol, il sesso.

Xenia ha condotto la sua mente nell'oscurità, eliminando anche l'assillo del rimorso che è tornato a colpire più volte.

Con ilarità si ricorda della prima visita dallo strizzacervelli, proprio la mattina dopo la notte del *Blackout*.

Sarebbero seguiti molti *Blackout* nella sua vita, da quel momento; il primo, però ha segnato l'inizio di tutto.

La sensazione delle pareti bianche, l'odore di lisoformio, sono ancora così tangibili, dopo anni di distanza, che le sembra di tornare a quel fatidico mercoledì mattina.

Roma, Italia, 3 gennaio 1986 d.C.

Blackout Tre

L'uomo che ha davanti può avere, sì e no, quarant'anni ma, per curioso contrasto, è completamente calvo, tanto da sembrare un bonzo, un prete buddhista, nonostante l'aspetto tipico da manager occidentale.

Xenia ventenne è stordita da tutte quelle sensazioni nuove e dagli occhi azzurri puntati su di lei.

Inalando l'aria si prepara a essere interrogata, come una scolaretta durante un esame, e butta fuori una frase convenzionale di presentazione.

Il medico distende le labbra, il solito sorriso formale di cortesia attenta, ma chissà che cosa pensa dell'adolescente magra che si nasconde dietro alla grande montatura di occhiali.

Tuttavia anche se il suo è stato un pensiero negativo non lo dà a vedere. La sua frase iniziale suona meravigliosamente definita (sì, perché l'ambiente sembra assorbire le sonorità come le spugne assorbono l'acqua).

«Ora che abbiamo appurato il suo nome e la sua volontà di essere curata, vuole essere così gentile da esporre sinteticamente il suo problema?»

A Xenia manca il terreno sotto i piedi. Sinteticamente, concisamente … già, è una parola!

Come posso districare il groviglio di contraddizioni che premono in me?

«È difficile,» sussurra «non so da che parte iniziare …»

«Cominci con la prima cosa che le viene in mente» dice palla da biliardo «e poi vada avanti per collegamento di idee».

E così fa Xenia. Il primo elemento importante è la telefonata dei suoi ex compagni di scuola.

Questa ha fatto scattare la molla della sua coscienza sopita. Senza accorgersi Xenia infatti è scivolata nella tana dell'isolamento, grotta che però si è rivelata insufficiente nel darle sicurezza e soddisfazione, e che l'ha fatta vagare tra luci, birra, angeli e nebbia fino a disgustarla di tutto.

Arrivata a quel punto però, per non vivere più una realtà assurda, (o forse per non vedere tramutare l'assurdo in realtà), si è rivolta al dottore come a una figura paterna.

Sì, occorre che Xenia scavi nella sua infanzia, urli a piena voce il suo diritto d'esser viva, e fuoriesca da quello stato di essere torbido e asociale, imparando ad apprezzare le semplici cose del mondo.

Questa è in pratica la diagnosi che lo psichiatra dà a Xenia dopo qualche colloquio.

La ragazza è sconvolta nel costatare la verità intrinseca di quelle affermazioni, sempre presenti in lei, anche se non rivelate alla luce del sole.

L'idea di farsi manipolare nel profondo sarebbe sembrata odiosa a Xenia fino a qualche mese prima (quando più vivo era il ricordo dell'alieno Thomas Jerome Newton),[1] ma allo stato attuale decide di cambiare la sua vita come si volta pagina a un libro, senza cominciare la lettura da capo, col solo scopo di comprendere quello che è successo fino ad allora.

---

[1] Personaggio principale del romanzo di fantascienza *The man who fell to Earth* scritto da Walter Tevis nel 1963 e interpretato da David Bowie nel film omonimo di Nicolas Roeg nel 1976.

Il problema, però, non è quello di inserirsi nel comune sistema, quanto il trovare delle valide ragioni per farlo.

Uscendo dallo studio l'odore del lisoformio la insegue, fino a confondersi col profumo che, per strada, le *boutique* di bellezza si prodigano a diffondere nell'aria di quel freddo mese di gennaio.

La ragazza pensa che se l'inverno ha ben stretto nelle sue grinfie il primo mese dell'anno, è in potere di Xenia anticipare la bella stagione.

Quasi come acqua di rubinetto, che attende di essere liberata e appena può scorre via veloce, così la stravaganza di Xenia fluisce spensierata negli acquisti più folli.

Un elegante camicia in *Creponne* di seta rossa e una gonna in broccato nero, un'*Eau de Parfum* di spezie e fiori afrodisiaci, una ghirlanda di rose come una nuvola di colore, una *Trousse* di colori iridescenti, sono soltanto alcuni acquisti che Xenia compie quel giorno.

Letteralmente la donna si diverte a far impazzire le commesse, obbligandole, con le sue continue richieste, a mettere sottosopra il negozio e a esporre ogni tipo di mercanzia, fino a che non trovano quella più stravagante.

Ancora, prova uno spasso incredibile nel farsi consigliare da qualche compito garzone, per poi seguire tutta un'altra direzione.

Alla fine dello *shopping* a Xenia resta un che di amaro in bocca, come un'antica reminescenza.

Non se ne cura però, e decide di fare un passo azzardato.

Esso le spalanca un abisso con sospeso un filo sul quale camminare, come un funambolo: la scuola d'indossatrice d'alta moda.

A quel punto o si riesce ad arrivare all'altra sponda o si è inghiottiti per sempre nell'oblio.

Xenia stringe i denti, e accetta la sfida.

La luce dei riflettori scalda come il più potente raggio di sole e Xenia si sente mancare sotto a quel faro mortale.

Espelle tutte le sue energie in un sudore caldo e appiccicoso.

I suoi seni ondeggiano, orribilmente fotografati dalla macchina, in una prova senza fine.

È attorniata da persone analitiche e fredde, e dai loro terribili occhi avidi che scrutano le sue carni, la sua camminata, il suo modo di porsi al mondo.

Presa da vertigine Xenia sente il mondo girare e perde conoscenza.

Cade a terra fluttuando come una stella marina.

Una volta ripresi i sensi le dicono che è stata accettata, nonostante lo svenimento, e la notizia le procura un tuffo al cuore più forte dell'odore dei sali che ha sentito sotto le narici.

I mesi che seguono nella scuola di indossatrice sono molto faticosi, ma anche ricchi di gioia e talvolta di dolore, a malapena condivisi con le sue colleghe.

Molte volte Xenia si sente un'estranea.

Non ha episodi interessanti, amori vertiginosi, o viaggi organizzati all'ultimo minuto da raccontare.

È lì, il più delle volte taciturna, guardandosi vivere nel riflesso delle sorrisi maliziosi di chi le ride accanto, e ha paura che, alla fine, quei denti finiranno per morderla.

Nonostante la sua cronica mancanza d'affetto non s'innamora mai di nessuno. Ciò che conta è solo il suo lavoro, in un oblio senza fine.

Eppure la vita corre: metti il rossetto, cambia il vestito, sistema la pettinatura, ancheggia di più, finché non s'impossessa di lei un'ilarità fuori luogo che confina con la provocazione e la pazzia.

Decide d'essere sempre più *sexy* e di ridere dei suoi ammiratori, per vendicarsi di chissà quali torti subiti, di gustare il forte e acro sapore della rivincita, dopo secoli di umiliazioni ai quali si sente legata, come donna, e non capisce di calarsi in un gioco tanto divertente quanto pericoloso.

Xenia stuzzica gli uomini e li lascia cadere, come soldatini di piombo che abbiano esaurito il loro compito.

Non prova alcun rimorso, né ha scrupoli: una parte di lei è morta, resa arida dagli eventi e dall'illusione accumulata per anni, masticando l'antico cuoio della follia.

«Chi è Chopin? Chi è Wilde?», ogni giorno ricorda i grandi del passato, quando andava a scuola, e s'illude d'essere meglio di loro.

Lei è sempre una persona differente, e nessuno capisce chi sia realmente.

Chiunque provi a carpire la sua essenza si spezza le unghie, nel vano tentativo di scalfire la dura scorza che la ricopre. Tutti, tranne uno.

Quell'individuo non si dà per vinto e Xenia ha i nervi a fior di pelle.

Gli occhi azzurri tornano ancora, come un *Leitmotiv*, come la canzone *Blackout*, a sancire l'inevitabile, l'arrivo di una nuova trasformazione.

Xenia non vuole mutare ancora.

Lotta con disperazione quella sera di agosto a cena, ancor più intensamente perché silenziosa, davanti a lui e all'altra coppia del tavolo.

Con la mano che le trema cerca di dominare la situazione e di inghiottire un paio di psicofarmaci.

Una pressione al braccio le impedisce di compiere il gesto.

Disorientata, sconvolta, abbandona il tavolo e corre senza ragione verso l'uscita, in direzione del parco.

Il panico è esploso tutto insieme, come da bambina, quando non riusciva a far fronte a una difficoltà e si rifugiava nell'angolo più buio della casa.

"You, you walk on past, your lips cut a smile on your face …", urla lontana una radio che si avvicina.

Xenia avverte le caviglie che si piegano, la caduta in avanti e il volto contro la buccia ruvida dell'asfalto. La guancia le sanguina quando lei è tirata su dal suo accompagnatore.

Occhi contro occhi. Labbra contro labbra.

Un gesto brusco, un'azione violenta, una caduta. Uno sparo di pistola, una macchina che inchioda.

Xenia perde conoscenza mentre un sangue estraneo tinge di rosso la grigia strada, resa cerea dalla luna splendente.

Roma, Italia, 27 agosto 1986 d.C.

Blackout Quattro

Xenia si sveglia dentro a una macchina in movimento. Un automobilista l'ha trovata svenuta vicino al corpo di un uomo, travolto e abbandonato da un pirata della strada.

L'individuo l'ha caricata sul suo mezzo, forse per soccorrerla. I seni nudi di Xenia emergono inconsapevoli dal profondo *décolleté* e le sue labbra ancora tremano per il terrore.

L'automobile macina chilometri e Xenia vede scorrere case, alberi, murales.

Un dipinto, visto con la coda dell'occhio, la inquieta ulteriormente … È la morte quella che balla il tango con la giovane donna?

Improvvisamente il guidatore si ferma e posa le sue labbra umide su quelle di Xenia. Lei cerca di liberarsi, ma è immobilizzata da una lama di freddo acciaio che preme sul suo collo.

Senza riflettere, con solo la forza della disperazione, strappa il coltello di mano all'aggressore. Così facendo, però, si procura un taglio profondo, appena sotto le costole.

Mentre il dolore le risuona dentro con uno stridore metallico Xenia afferra l'arma, e la vibra con tutte le sue forze, immergendola completamente nella schiena dell'uomo. Un gemito soffocato e un fiotto di sangue le rispondono, le danno il segnale di fuga, come lo sparo della rivoltella le ha *dato il La* per cadere a terra priva di sensi.

La ragazza corre, in preda al panico e alla disperazione, quelli che deve aver provato Eva quando è stata cacciata dal Paradiso terrestre.

Cade di nuovo, dopo aver percorso solo pochi metri.

Quando riprende coscienza la testa le duole da impazzire.

Vicino a lei volti di poliziotti e medici come fantasmi fluttuanti. Chiude gli occhi e poi li apre.

Ci sono ancora, è in ospedale.

L'addome è bendato, ah già, e la cicatrice resterà?

Ora la condurranno in prigione, la metteranno in gabbia.

Come nella canzone … sì, com'è che dice?

Mmhmm, ora ricorda.

"To the cage, to the cage, she was a beauty in a cage …"

E Xenia vede davanti a sé i volti dei due uomini che ha dovuto uccidere per salvare l'antico valore della verginità, e capisce che per lei è in arrivo un altro *Blackout.*

"Get me to a doctor's,
I've been told Someone's back in town
the chips are down
I just cut and blackout
I'm under Japanese influence and my honor's at stake
The weather's grim, ice on the cages ..."

«Stai zitta, ho sonno!»

«Nessuno puoi togliermi la libertà di cantare, se ne ho voglia!»

«Finché sei in questa maledetta cella devi fare a modo mio!»

«E chi lo dice? Solo perché sei più vecchia di me, e finirai di scontare prima la tua pena, credi d'essere mia madre? Ricordati, io ho sempre fatto di testa mia, fin dalla nascita!»

Con un sospiro rassegnato l'altra risponde:

«Cerco solo una convivenza civile tra di noi. Questa stanza è il nostro mondo e noi siamo le uniche abitanti.»

Xenia rimane un attimo in silenzio e poi ammette:

«Sì, è vero, sono una stupida. Da quando sono entrata qua mi sento ancor più separata dalla società. Sai, questa canzone rappresenta molto per me. Il testo è un simbolo, non so se capisci, un legame col mondo esterno, ma anche con la mia interiorità. La musica è notevole. È caotica e da essa scaturisce angoscia, disperazione, amore. Queste sono le sensazioni che io ho provato nella mia solitudine.»

«Anch'io da ragazza sono stata molto sola,» replica l'altra, «mio padre è fuggito con un'altra donna e mia madre lo ha sempre rimpianto, pur non ammettendolo. Lei ha comunque lavorato sodo per mantenere me e le mie sorelle e non ha più voluto sposarsi. Da allora, istintivamente, ho cominciato a temere gli uomini, a diffidare delle loro promesse. Mi sono ridotta a rubare affetto col furto, dapprima involontario, poi sempre più consapevole e premeditato. Se sono qui lo devo alla mia cleptomania aggravata.»

«Allora sei tu il mio *Alter ego*?» chiede Xenia in un bisbiglio, colpita dal racconto, ma le parole non sono percepite dalla compagna di cella.

Di nascosto la osserva.

È bella, hai capelli chiari e mossi, lo sguardo triste.

Cerca di immaginarla fuori dal carcere ma ci riesce appena.

Il silenzio scende ed è turbato solo dall'andatura pesante del questurino.

Lui passa in rassegna al di là delle porte.

Le ragazze tacciono.

Il silenzio della notte, e l'ovattato regno del sonno, accolgono le due così velocemente che non si accorgono di aver lasciato in sospeso il loro discorso, mentre i passi del custode tornano, si allontanano, tornano ancora, nella cullante monotonia notturna.

«Com'è il mondo fuori?» domanda la compagna di cella a Xenia.

Xenia si sporge dal letto a castello e guarda attraverso le sbarre della finestra in alto.

«Il cielo è nuvoloso, forse pioverà.»

«Meglio così, l'acqua lava i cattivi pensieri.»

«E noi ne abbiamo dipinti il volto e il cuore, non è vero *Miss* ... *Parbleu*, non ricordo il tuo nome!»

Xenia balza giù dal letto e poi assume un'espressione comica e indecisa, seguita da un inchino teatrale, sia per supplire alla sua mancanza, sia per seguire le regole di un ironico galateo.

L'altra scoppia a ridere per la pantomima.

«Mi chiamo Kyria, e tu?»

«Xenia. È proprio tuo quel colore di capelli?»

«Questo rosso rame? Sì, l'ho sempre avuto. E il tuo incarnato pallido?»

«È frutto di anni di non esposizione al sole. Io mi abbronzo molto facilmente, ma a me non piace!»

«Capisco. Beh, qui le occasioni di non prendere il sole non mancheranno, dato che abbiamo pochissimi permessi di uscire da qui, se si eccettua per lavoro, s'intende.»

Un velo di tristezza cala dopo quella frase.

«Non pensiamoci,» dice Xenia sorridendo con falso ottimismo, «consideriamo il nostro soggiorno come una vacanza un po' lunga e particolare.»

«Molto lunga.» sospira Kyria gravemente «Qui il tempo non passa mai e impazzisci a contare le crepe dei muri, leggere le scritte che altri hanno lasciato prima di te, pensare a quello che è stato.»

«La situazione è così drammatica? Non esistono altri modi per ammazzare il tempo?»

«Modi ne esistono, leciti o illeciti, dipende da quali preferisci.»

«Dimmeli tutti.»

«Puoi occuparti di lavori femminili, tipo ricamo, uncinetto, maglia; però devi procurarti il materiale e poi qui la luce elettrica è scarsa per queste attività di precisione. Se hai matite, pastelli, gessi colorati ed estro d'artista puoi lasciare un disegno o un messaggio sul muro, come hanno fatto altri, oppure tenere un diario, anche se non sarà mai segreto perché lo requisiranno spesso e lo leggeranno, come le lettere che scrivi o ricevi.»

Kyria riprende un attimo il fiato. Poi continua.

«I modi illeciti sono più attraenti, certo, ma molto pericolosi. Si tratta di favoritismi, droga, prostituzione. Se non sei stata già a contatto con quel mondo ti consiglio di non entrarci.»

«È tutto?»

«Sì, escludendo il sonno e il suicidio, che non sono passatempi.»

«La prospettiva non è molto allegra.»

«Che ti aspettavi di trovare, un Luna Park?»

«Diavolo no; però l'idea di finire in carcere non mi ha mai sfiorato il cervello e ora esserci dentro mi sembra così irreale …»

«È la sensazione che provano tutti i primi tempi, poi ti abitui e pensi ai giorni che mancano alla tua uscita, o alla fuga.»

«Fuggire?» chiede Xenia mentre guarda Kyria negli occhi «Ci hai mai pensato?»

«E chi non l'ha fatto? Chiunque abbia valutato questa ipotesi, però, si è accorto delle grandi difficoltà da superare, della buona dose di coraggio e del sangue freddo che occorrono e, soprattutto, del prezzo che devi pagare se fallisci»

«Che significa?»

«Significa questo: non devi lasciarti prendere dall'ebbrezza della vittoria, una volta fuori dalle mura, perché la prima città si trova a venti chilometri di distanza. Se ti catturano dopo che hai tentato l'evasione ti uccidono per fucilazione. Se presti attenzione ogni tanto puoi assistere a questo macabro rito»

«È troppo alto il prezzo da pagare, bere vino putrefatto dalle tue mani colme di paura»

«Che cos'è?»

«È sempre *Blackout*» mormora Xenia.

«Ricordi niente della tua infanzia?» chiede Xenia a Kyria.

Kyria volge gli occhi gonfi di lacrime verso le sbarre, inondate dal riverbero della luna, e le guarda per un lungo attimo prima di rispondere.

«Sì, la mia vita è incisa dentro di me, momento per momento, come l'antica pellicola di un film. A tratti vedo luoghi, persone, provo sensazioni vivide, come se accadessero in questo momento.»

«Ricordo ancora la prima volta che rubai. Non avevo il coraggio di tornare a casa. Mi appoggiai alla parete esterna e non riuscivo a muovermi. Poi mia madre mi chiamò e io corsi ad abbracciarla, contenta di rivederla e di tornare a vivere sotto al suo tetto».

«Hai nostalgia di lei?»

«Mentirei se dicessi di no, ma non credo che vorrei vivere ancora quei momenti. Non so, mi sembra di aver sprecato gli anni più belli della mia vita senza un ideale, sempre a caccia dell'effimero, allontanando da me chiunque mi amasse per quello che sono e mi volesse augurare il buongiorno la mattina appena sveglia. Anche adesso, se uscissi, non avrei nessuno.»

Kyria si asciuga una lacrima all'angolo dell'occhio e continua a parlare mentre la voce, a tratti, le si spezza per l'emozione.

«Nessuno si ricorderebbe di me. Non un'anima viva che si rammenti come ero allegra un tempo, o meglio, come fingevo di esserlo, per nascondere la disperazione. Ho avuto amiche frivole, false, vuote. Se alcune di loro mi incontrassero adesso resterebbero sconvolte nel vedere il mio volto, distrutto dalla solitudine e dalla vecchiaia precoce.»

«*"Che viso sciupato hai, mia cara."*, mi direbbero, *"Perché non provi quella crema? Dicono sia miracolosa per le occhiaie"* e non sanno che ho solo venticinque anni!»

Xenia sente alcuni singhiozzi soffocati dal guanciale.

«Non piangere Kyria, ti prego. Anch'io ho masticato tanta solitudine da ragazza. È un cibo strano. Ti lascia in bocca un sapore amaro e dolciastro, che fa male al cuore ma allo stesso tempo t'invoglia a prenderne ancora. Io stessa non riuscivo a uscire da quella situazione e forse pensandoci ora, a mente fredda, è stato meglio finire in prigione e conoscere te piuttosto che continuare la vita artificiosa che ho vissuto da libera.»

«Oh Xenia, noi siamo amiche, non è vero?» esclama Kyria sporgendo volto e braccio dal giaciglio inferiore.

Xenia si avvicina al letto. Prende quella mano tra le sue e la stringe forte. Quando risponde non impedisce che la commozione le veli la voce.

«Sì, siamo amiche. Io sento per te un affetto che non ho mai provato per nessun altro essere umano; forse perché io sono fragile e tu sei fragile ma, se veramente vogliamo, possiamo essere forti insieme, non bevendo il vino della paura e rimanendo noi stesse, nonostante tutto»

«Sono parole belle.» dice Kyria liberandosi gentilmente dalla stretta amichevole e guardando Xenia negli occhi «Ce la faremo? Ho paura che la luce del giorno mi mostri ancora la mia viltà.»

«Non c'è viltà se gridi forte la tua convinzione. Dobbiamo solo vedere un po' di bello nel brutto.

Quando ero depressa ho pensato spesso al suicidio, poi però ho capito che togliermi la vita sarebbe stato da vigliacchi, perché non avevo ancora vissuto veramente.»

«Chi può dire di aver vissuto?»

«Chi ha creato qualcosa, chi ha provato grandi emozioni che spingono a creare. Anche il carcere è un'emozione, un'esperienza. È una situazione scomoda, un seme quasi infecondo, ma sta a noi farlo fruttare.»

«Quando usciremo da qui, se non altro, sapremo apprezzare meglio i piccoli doni che la vita ci offre, come il passeggiare in un parco la mattina appena sveglie, con l'erba lucida di rugiada e l'aria fresca come un lenzuolo appena lavato, oppure apprezzare la sabbia scaldata dal sole, il calmo sciabordare delle onde ...»

«Ti prego Xenia, non parlare più. Ho tanta voglia di vedere il mondo esterno che queste descrizioni mi straziano troppo.»

«Hai ragione, non parlerò più. Ora dormiamo, che domani dovremo svegliarci presto.»

«Come se fosse una novità!» ridacchia Kyria «A domani Xenia.»

Poi finisce seriamente:

«Dormi bene»

«Anche tu, Kyria» risponde Xenia prima di perdere coscienza nel sonno.

Il sole è gelido e pallido. L'aria è fredda e ostile.

Xenia e Kyria sono insieme nel cortile della prigione. Intorno a loro diecimila Xenie e Kyrie sono vestite dei loro stessi abiti e pensano che il sole è pallido e l'aria è fredda e ostile.

Tutte sognano di andarsene.

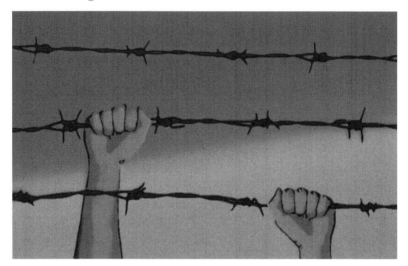

Tutte insieme lavorano la terra sotto agli occhi dei sorveglianti e nessuna alza lo sguardo verso l'altra, per paura d'incontrare altri sguardi che rechino la stessa domanda:

«Fino a quando?»

La tristezza della mattina è quasi tangibile e Xenia, non riuscendo a comunicare con Kyria, ne è addolorata. Sentire la fatica dei muscoli, però, conferma di vivere nella realtà e la distrae in parte dai suoi pensieri, dai suoi ricordi, dalle sue ossessioni.

In fondo il lavoro non le pesa e lo sente come una giusta disciplina per il corpo.

Ricorda che da giovane non si è mai dedicata al lavoro manuale.

I suoi genitori hanno provveduto alle sue necessità fino a diciotto anni, permettendole di ricreare la sua mente con musica, lettura, cinema.

Non ha mai avuto bisogno di grandi amicizie, né di grandi viaggi. Poi, però, sono proprio quelle le cose che in seguito ha più rimpianto.

Quando ha cominciato la scuola d'indossatrice ha sperato di trovare amiche con cui scherzare, ma la realtà, al solito, si è rivelata ben diversa dalla fantasia.

Alla morte dei suoi genitori, avvenuta per un incidente stradale, lei è rimasta in balìa di quel mondo artificioso e corrotto, fino alla sera fatidica delle due morti, che l'hanno condotta alla completa rovina.

Di due aspetti però è felice: conoscere finalmente la fatica del lavoro, e la gioia dei risultati, e l'aver incontrato Kyria.

Settimana dopo settimana, mese dopo mese, la osserva segretamente, ne spia i gesti e le parole furtive. Il rosso dei suoi capelli è luminoso come il sole al tramonto ma i suoi occhi sono tristi e restii al mondo esterno, per scacciare qualsiasi tentazione possa sorgerle davanti.

Non tutte le recluse lavorano la terra.

Alcune intrecciano i giunchi per confezionare cestini, altre si dedicano alla maglieria, altre ancora scolpiscono il legno tenero per realizzare oggetti di uso domestico.

E la vita scorre, stagione dopo stagione, giorno dopo giorno, notte dopo notte.

Xenia e Kyria parlano a lungo tra loro e imparano a conoscere il loro passato, l'attimo indefinibile del presente, le ansie irrisolte del futuro.

Sempre più Xenia si accorge che Kyria è un completamento alla sua personalità.

Tanto lei è riflessiva l'altra è impulsiva, tanto lei è amante delle arti l'altra è amante della logica, e così via, per mille sfumature.

Dalla prima volta che si sono incontrate non hanno più litigato e la loro amicizia si è saldata in un legame così profondo che il resto del carcere le ha soprannominate *"Le sorelle siamesi"*, con una punta d'invidia e una di disprezzo.

Tutto procede bene finché non giunge una terza ospite nella cella.

Si tratta di una ragazzetta giapponese di diciotto anni che, per i tratti minuti e delicati, dimostra molto meno della sua età.

Il suo modo di parlare e il suo comportamento, invece, sono così sgradevoli e irritanti che chiunque le attribuirebbe almeno una trentina d'anni.

Dopo che è entrata nella cella resta mezza giornata in disparte, con l'aria della regina offesa, aspettando che le altre siano le prime a rivolgerle la parola. Quando si accorge che il suo silenzio non migliora i rapporti sociali e che quello stato di cose potrebbe trascinarsi per giorni, se non per settimane, apre la bocca con riluttanza e sillaba con alterigia (che vuole nascondere il suo precario italiano):

«Il mio nome è Midori. E voi come vi chiamate?» il suo sguardo si fissa duro, nascosto da un paio di occhiali da sole, sulle due donne.

Quando ha ottenuto la loro risposta Midori tace di nuovo. Il silenzio cade pesante per qualche minuto, almeno fin quando Xenia lo interrompe, forzando una conversazione.

«Da dove vieni, Midori?»

«Da Tokio, Giappone.»

«Sì, va bene, ma dov'è che sei vissuta in Italia?»

«Prego?»

«In quale città abitavi?»

«Ah, Florenzia»

«Firenze, che bella città!» esclama Kyria entusiasta «Ho sempre sognato di abitarci!»

«*Shit!*» borbotta Midori, disgustata.

«Come sarebbe a dire?» insorge Kyria, in difesa della città del cuore e, in generale, dell'Italia.

«È vero,» dice Xenia, più tranquilla «spiegaci perché odi una delle mie città preferite.»

Passano dei minuti di silenzio, nei quali Midori si concentra sulla risposta da dare, poi però, dopo aver pronunciato un secco: «Sono stanca», si stende sulla brandina e si volta sgarbatamente verso il muro, impedendo qualsiasi tipo di contatto visivo.

Xenia fissa Kyria stupita: «Forse è veramente stanca ...», ma la questione non è ancora conclusa.

Una voce emerge dall'angolo nel quale Midori sembra dormire, ed esordisce:

«Io non odio la città, odio la gente, la polizia. Odio essere una puttana, essere tagliata fuori dal mio Paese e dimenticata.»

Il silenzio cade gelido per interminabili secondi.

È arrivato il freddo mese di febbraio e c'è del ghiaccio nei loro cuori. Le loro frasi si pietrificano nell'aria e impiegano più tempo per essere trasmesse alla velocità del suono.

Le tre ragazze viaggiano ognuna sull'onda dei propri ricordi, evocati da quella risposta cruda e reale. Non c'è più niente da dire, Xenia e Kyria se ne rendono conto.

Nulla che non sia una banale frase consolatoria, o peggio ancora, una proposta di dimenticare.

Certi marchi sono incisi nella carne e non si possono cancellare. Questo non è un film dell'onnipresente, stucchevole filone americano, della serie: "Il sorriso idiota dopo i falsi drammi esistenziali."

«Questa è vita vera,» pensa Xenia «uno spaccato quotidiano che nessuno vuol indagare perché è scomodo e puzza, un viaggio nel mondo dell'orrore senza biglietto di ritorno.

D'altra parte chi sono io per giudicare o per consolare? Io che non ho mai realmente vissuto quella vita, tutti i giorni e tutte le notti?

Di continuo io ho proiettato il mio ego su letture mitiche, incapace di adattarmi alla realtà del presente, rifugiandomi nell'estremo passato o ipotizzando un futuro anteriore.

Mi sono costruita un nido di ovatta da cui ogni tanto evadere, illudendomi di essere Robin Hood che esala fumo di sigaretta …»

«Proprio come nella canzone,» termina Xenia, accorgendosi vagamente di sorridere «ma adesso so che noi siamo le pantere nere, noi erriamo selvaggiamente, noi ce la mettiamo tutta per dare un valore alla nostra vita, e stiamo urlando perché gli altri si accorgano di noi, e finalmente ci ascoltino».

Roma, Italia, 28 settembre 1988 d.C.

Il tempo non scorre mai, eppure i mesi sono passati.

I giorni gocciolano, grigi e noiosi e come la pioggia fuori, e tra le ragazze non c'è più stato un vero e proprio dialogo. A Xenia sembra d'impazzire.

Sono passati due anni da che si trova in quel carcere maledetto, e le sembra un secolo. Deve ancora scontare otto anni per gli omicidi colposi e quando uscirà sarà una trentenne.

Trent'anni! Non è un'età da vecchia signora, ma neanche da ragazzina inesperta del mondo.

Che farà dopo? Questo pensiero le torna nei momenti più insoliti: mentre lavora, mangia, guarda lo spicchio di cielo tra le sbarre, distesa sul suo letto. E dopo?

Pensa a Kyria, a quello che sarà di lei, e si chiede se il loro rapporto muterà quando acquisteranno la libertà. La loro amicizia resterà uguale a ora?

Pensa ai suoi amori rinnegati, al fatto che nessuno aspetterà con ansia la sua uscita.

I genitori morti, le amicizie scomparse, tutta una vita da costruire da capo, solo con le sue forze.

«È proprio un bel quadro, non c'è che dire» pensa Xenia con ironia, ma le sue congetture sono interrotte dal rumore di un alterco fuori dalla cella.

Resta stupita un secondo, di solito non ci sono dispute nella prigione, giusto il tempo di capire che una reclusa ha tentato di evadere ed è stata catturata. Ora lei implora pietà ai suoi aguzzini in modo straziante. D'un tratto Midori parla.

«Bene, ora vedremo un'esecuzione in prima assoluta. Molto divertente,» dice con sarcasmo velenoso «chi sarà la prossima?»

«Non capisco come riesci a scherzare su certe cose,» dice Xenia arrabbiata «sembra che ti diverta!»

La ragazza ha un nodo in gola che aumenta sempre più.

Quelle grida miste a insulti la innervosiscono e lei deve sputare fuori la rabbia, se non vuole soffocare.

Midori avverte astio nella voce di Xenia e passa al contrattacco.

«Che vuoi dire? Che sono una sadica? Senti, io so che significa vivere alla giornata, col disgusto e la paura. Tu che ne sai? Forse sei qui per aver rubato galline!»

«Ciò per cui sono qui non ti riguarda!» urla Xenia, inferocita «Uno di questi giorni ti darò una lezione che non scorderai facilmente!»

Midori scoppia in una risata beffarda.

«Voglio proprio vedere! Mamma mia che paura, *Miss* pelle e ossa!»

«Com'è che mi hai chiamato?» grida Xenia saltando giù dal letto e agitando i pugni verso Midori.

«Non hai sentito?» grida la giapponese di rimando «Pelle e ossa!»

Ha appena finito di dirlo che Xenia le sferra un formidabile cazzotto sullo stomaco e un secondo dopo si azzuffano ferocemente.

Si tirano i capelli, si danno morsi, calci, pugni e si maledicono in un misto di italiano e giapponese. Kyria le guarda costernata, si è svegliata da poco e osserva la scena impaurita e ipnotizzata.

In quel momento la porta si apre ed entrano quattro carcerieri. Senza tanti riguardi le dividono e le trascinano via, urlanti.

Dopo un secondo suonano alcuni spari nell'aria. Le due ragazze guardano il proprio corpo, col terrore di scoprire fori di proiettile e sangue che sgorga.

Basta poco per capire che la morte ha ghermito l'ex evasa, ma ugualmente si domandano con inquietudine quale sarà la loro sorte.

Trascinate a forza per i corridoi sono condotte nell'ufficio del Direttore Responsabile, un tipo anziano, grasso, dai radi capelli, che suda abbondantemente nonostante i pochi gradi autunnali.

Forse vorrebbe slacciarsi la cravatta e aprire la camicia per prendere un po' fiato, ma non può, il suo aspetto formale deve essere impeccabile.

Quando ha davanti le due prigioniere scocca loro quella che dovrebbe essere un'occhiata severa.

Purtroppo, l'effetto è molto blando, forse a causa del sudore che, inturgidendo i lineamenti, conferisce all'uomo un'aria di paterna bonarietà.

«Voi due siete le tipe più indisciplinate, isteriche e attaccabrighe che abbia potuto osservare da un pezzo a questa parte.»

Fa una pausa, durante la quale beve avidamente un buon sorso di bibita fresca dal bicchiere sul tavolino e si asciuga la fronte con un tovagliolo di carta in precarie condizioni.

«Questa non è la prima volta che vi ammonisco, ma sarà bene che sia l'ultima. Il provvedimento che adotterò sarà quello di mettervi in due celle differenti ma contigue, per tutto il tempo che riterrò necessario. Queste gabbie sono isolate dal resto della prigione, perciò i miei sorveglianti sentiranno subito se gridate. In quel caso agiranno di conseguenza», finisce con calma forzata.

«Non ammetto schiamazzi nel mio carcere!» urla poi inviperito, ed enfatizza l'asserzione con un sonoro pugno sulla scrivania.

Il caldo che soffre, la noia di quel discorso che è costretto a fare, la faccia tosta delle due incriminate, che lasciano vagare lo sguardo sulle crepe dei muri, sul ventilatore acceso, sul mucchio di pratiche in disordine, e non posano per un attimo gli occhi su di lui mentre parla, come se la cosa non le riguardasse, lo ha fatto uscire di senno.

Sente l'acre desiderio di prenderle a schiaffi, spegnere la loro insolenza e affermare su di loro il suo potere, con rabbia velenosa.

«La prossima volta che contravverrete alle regole gusterete le specialità della casa: dieta dimagrante e speciali massaggi per il corpo eseguiti dai miei uomini» il che significa vitto di pane e acqua e violenze fisiche «e ora fuori di qui!» urla, rosso per la collera e per il caldo.

Xenia e Midori sono condotte nelle celle vecchio modello, dove le mura interne sono sostituite da sbarre di metallo rugginoso. Esse rivelano senza pietà un interno spoglio e tetro, ancor più della precedente gattabuia.

Le due ragazze finiscono in due ambienti contigui, nell'ala destra del corridoio. Entrambe si stendono sui loro giacigli e fingono di ignorarsi a vicenda.

In realtà spiano ogni minimo rumore che testimoni la presenza dell'altra, e nel contempo sono attente a non crearne nessuno. Nasce così una ben strana situazione. Un silenzio di tomba regna intorno a loro, che restano vigili ad ascoltare il vuoto e non fanno niente per modificare la situazione.

È nata una sfida tacita: perderà il confronto chi per prima rivolgerà la parola all'altra, anche solo per insultarla.

Passano molti giorni di silenzio quasi assoluto, rotto solo dai carcerieri che recano i pasti, e durante tutto quel tempo le ragazze hanno modo di pensare profondamente alle loro vite e allo loro colpe.

Con lo scorrere delle ore il silenzio e l'isolamento addolciscono il loro animo e diventano, paradossalmente, più disposte l'una verso l'altra.

Il silenzio è spezzato miracolosamente da Midori, dopo che è stato servito il pasto di mezzogiorno.

Lei alza gli occhi verso Xenia e la fissa con intensità. L'altra è irresistibilmente attratta e rivolge a Midori uno sguardo duro, che diventa morbido però quando si accorge che l'espressione della giapponese non rivela né ostilità né rancore.

Dopo qualche secondo, vedendo che Xenia si è rilassata, Midori parla usando una buffa espressione facciale.

«Vuoi una sigaretta?» dice mostrando fili di tabacco, cartine e un accendino rudimentale.

Xenia ride sollevata; dopotutto quella è un'offerta d'amicizia, oltre che di una fumata, e sarebbe scorretto rifiutare l'una e l'altra per vecchie discussioni, inoltre lei ha veramente voglia di un po' di nicotina.

«Sì,» risponde «grazie per avermelo chiesto, Midori.»

Una scintilla di gratitudine scocca negli occhi a mandorla della ragazza.

Lei pure è solo un essere umano, bisognosa di comprensione e affetto, anche se finge di non averne necessità.

Sotto la maschera di donna vissuta e resistente si nasconde in realtà ancora una bimba, quella che giocava all'aperto quando andava a trovare i nonni ad Akita.

Ora, mentre prepara la sigaretta sotto lo sguardo attento di Xenia, sembra più che mai ciò che è, una ragazzina.

Midori si accende la sigaretta e la passa tra le sbarre alla sua nuova amica. Xenia tira assorta qualche boccata di fumo.

«Buona,» dice con sincerità «sei veramente esperta in tutto, Midori.»

Midori si accorge che la voce di Xenia non è falsa. Lei non vuole deriderla ma le ha rivolto un vero complimento. Si rende conto che l'amicizia che sta nascendo tra lei e Xenia è molto importante, perciò risponde con disinvoltura.

La conversazione fluisce serena tra nuvole di fumo e, quando il questurino porta il pasto serale, le trova che ridono e parlano amichevolmente, come se la loro confidenza fosse cominciata anni indietro, anziché poche ore prima.

Amsterdam, Olanda, casa chiusa, 26 gennaio 1999 d.C.

Blackout Cinque

L'uomo la guarda da troppo tempo.

Infastidita Xenia pensa che tra qualche minuto l'estraneo le si avvicinerà, proferendo frasi vacue e banali, oppure la inviterà a ballare, e tutto avverrà secondo un copione stabilito.

Questo però è solo il preliminare: una stanza e un letto li attendono al piano di sopra e ancora una volta Xenia reciterà l'amore mercenario con un individuo sconosciuto.

Comincia a essere stanca di quel gioco assurdo protratto all'infinito e ha orrore di se stessa, di quello che è diventata. Sì, orrore. Ha sacrificato la sua verginità per quella lurida occupazione, ha venduto se stessa, corpo e mente. Ricorda che aveva trent'anni quando ha cominciato a vivere in quel modo viscido e umiliante.

È stata Midori a trovarla, tre anni prima, quando lei è uscita dal carcere, nel 1996, e l'ha condotta per una strada ben conosciuta, l'ha convinta che non c'è altro modo di sopravvivere se non diventando una prostituta.

In parte è vero e ne ha sperimentato la realtà.

Molte volte lei e la sua amica del Giappone si sono rivolte presso famiglie per essere assunte, con l'incarico di domestiche o cameriere.

La verità non resta mai nascosta e quando le nobildonne capiscono di avere di fronte due ex carcerate le porte invariabilmente si chiudono.

E poi, per cortesia, come si fa a cercare un lavoro onesto in quelle condizioni!

Midori ha compiuto da poco ventotto anni, Xenia ha superato la trentina ma entrambe, a causa delle sofferenze subite, dei lavori forzati, dello scarso cibo, sono rapidamente sfiorite e dimostrano molto più della loro età effettiva. Tutte e due sono molto magre e le prime rughe sono apparse sulla fronte e intorno ai loro occhi stanchi.

Le donne devono affrettarsi a trovare un'occupazione o moriranno.

Midori non ha il titolo di scuola superiore e a malapena ha frequentato le scuole dell'obbligo, mentre Xenia, pur avendo sostenuto un esame all'università di Firenze, non ha trovato soldi e coraggio per andare avanti, demotivata dall'apprendere che il settore dell'insegnamento è saturo da anni e ha gente in lista d'attesa.

Restano solo due soluzioni: la prima è rubare, ma nessuna delle due ha il fegato, e comunque ha voglia di tornare subito in carcere, la seconda è diventare mercenarie del sesso.

Midori sa che in Olanda la prostituzione è legale e che può essere svolta in regolari case chiuse.

Gli operatori dell'industria del sesso sono registrati e hanno un certificato di "sana e robusta costituzione", controllato periodicamente dalle autorità locali.

Xenia ricorda ancora quella fredda mattina di gennaio, quando finalmente si sono trovate fuori dalla prigione.

Xenia, Midori e Kyria, sono convenute lì nonostante i diversi giorni d'uscita.

Ora si scambiano promesse di eterna amicizia e giurano di vedersi ogni tanto, a scadenze indeterminate.

«Tutte belle parole» pensa Xenia.

In realtà quel giorno si è verificata una scissione insanabile; solo più tardi Xenia sarà costretta ad ammetterlo con se stessa.

Quando arrivano al bordello di Amsterdam, nel quartiere a luci rosse, Xenia e Midori sono già completamente dimentiche delle promesse fatte a Kyria, garanzie segrete, sussurrate nel cuore, di condurre una vita pulita, seguendo gli scrupoli della propria coscienza luminosa.

Xenia stessa, al principio riluttante, resta affascinata dall'essenzialismo lussuoso e dall'erotismo che trasuda da ogni piccolo particolare del bordello olandese.

I colori dominanti sono il giallo, l'arancio, il rosso vermiglio. Ovunque si scorgono specchi sopra le alcove, tende intrecciate di giunco, candele profumate, piante voluttuose, libri erotici da consultare.

La Tenutaria della casa le introduce gentilmente nelle loro camere. Xenia nota che il lampadario è molto particolare ed emana una luce soffusa.

Ogni camera ha la sua tonalità base, sempre sui toni caldi.

I colori dominanti sono il rosso per Xenia e l'arancio per Midori.

Nelle loro camere, in un angolo nascosto, ci sono anche i servizi igienici a cui "Devono attenersi scrupolosamente", come dice la *Maitresse* del bordello.

La donna stabilisce inoltre che per ogni marchetta il cinquanta per cento va a lei, il resto alla "Pensionante", la quale ha quindi tutto l'interesse a farsi più clienti possibili nel corso di una giornata.

Le tariffe variano a seconda della durata dell'amplesso, (un quarto d'ora, mezz'ora, un'ora), e le ragazze non possono fare alcuna distinzione né discriminazione, devono essere gentili e disponibili con tutti.

L'affare sembra conveniente, a prima vista, ma dal guadagno netto occorre detrarre le spese del proprio mantenimento e la percentuale da elargire *una tantum* al Collocatore.

È stato quel losco individuo, infatti, a suggerire a Midori, esperta nel mercato del sesso, di partire dall'Italia e approdare in Olanda, là dove è più facile fare un certo tipo di vita.

La giapponese ha sfruttato la sua amicizia con Xenia e ha fatto leva sul suo carattere debole per convincerla che quella è l'unica soluzione plausibile, tra tante possibili per sopravvivere.

Molte volte Xenia pensa a questo e odia se stessa, e anche Midori, per essersi lasciata convincere.

La frustrazione di dover vendere il proprio corpo si accompagna al disgusto di quei soldi sporchi, e per la pesante atmosfera di erotismo che la circonda.

Xenia prova una rabbia ardente e la riversa sugli uomini che usano il suo corpo, nonostante essi siano il suo unico mezzo per sopravvivere.

Odia tutti i maschi, eppure quell'estraneo la sconcerta: immobile continua a fissarla, senza sorridere, senza prendere nessun tipo di iniziativa, e Xenia si domanda irritata come andrà a finire.

La schermaglia di sguardi continua per cinque minuti buoni.

Un paio di occhi nocciola la fissano.

L'espressione dell'estraneo, però, non è arrogante, maligna, e nemmeno maliziosa. C'è quasi una sorta di perplessa concentrazione, come chi si trovi davanti a una persona che non s'aspetta di vedere e non riesca ad assimilare l'avvenimento.

Innervosita dalla perdita di tempo Xenia si alza, schiaccia con forza il mozzicone nel posacenere, e si accinge ad andarsene a grandi passi.

«Signorina, aspetti, vorrei parlarle» la voce dell'estraneo le arriva in modo inaspettato, nonostante la stanza piena di gente, di brusìo, di rumori.

Xenia si volta così lentamente che l'uomo ha tempo di raggiungerla e di fermarsi a circa un metro di distanza.

«Non ci siamo conosciuti già da qualche parte?» dice, e il suo sguardo tradisce l'infantile desiderio di non essere smentito, anche se quello che ha appena detto non dovesse essere vero.

«Ascolti …» inizia Xenia con tono freddo, e lo scruta con attenzione, cercando la maniera più cortese e, nello stesso tempo, professionale, per far capire all'interlocutore che non vuole essere seccata con inutile chiacchiere.

Mentre raccoglie le idee, però, si ricorda in un lampo dove ha visto il viso e gli occhi dell'uomo e le manca il fiato per proseguire.

«Sì,» continua il giovane sorridendo invitante «ora ricorda, vero? Una sera portai una birra a una strana ragazza. Era sola e triste come me, e mi impedì di parlarle perché fuggì via appena girai lo sguardo.»

«È vero.» ammette Xenia con semplicità, mentre un sorriso spontaneo nasce sulle sue labbra. Inaspettatamente ha trovato un legame col passato, con quei giorni che sembrano trascorsi da millenni, quando lei ancora amava *L'uomo che cadde sulla Terra* e piangeva lacrime di amore e morte.

Com'è incredibile tutto questo adesso, nell'atto costante di vendere il proprio corpo, prima rinnegato, e nell'uccisione costante degli antichi ideali!

Eppure non ha paura di vedere il passato attraverso quegli occhi castani; avverte quella presenza come amica, fraterna.

No, non è un giudice sceso dal podio per accusarla, ne è sicura.

L'altro riprende a parlare e interrompe il flusso dei suoi pensieri.

«La vedo molto assorta. Posso offrirle da bere per distrarla, signorina *Non-so-come-si-chiama*?»

«Ah sì, mi chiamo Xenia e possiamo darci del tu, se vuoi» dice la ragazza in modo spigliato.

«Certamente *Miss*, volevo dire Xenia. Ora mi presento. Il mio nome è meno originale del tuo. Mi chiamo Nicola, ma puoi usare Nico, se preferisci.»

«È un bel nome.» afferma Xenia con semplicità.

«Ti ringrazio.» replica l'uomo «Vogliamo andare a prendere un *cocktail*, ora?»

E nel dirlo la prende con gentilezza sottobraccio, dopo che lei ha acconsentito con un breve cenno della testa, poi galante la scorta lungo tutto il percorso che li divide dalla mèta.

La serata trascorre veramente allegra e l'uomo s'accomiata da Xenia baciandole la mano e ghermendole la promessa di vederla il giorno dopo.

Il giovane ha capito bene che tipo di vita conduce Xenia, eppure la colma d'attenzioni e di regali, le racconta aneddoti e storielle divertenti per farla ridere, le parla come se si trovasse di fronte a una signora dell'alta società, non a una prostituta.

Dopo una settimana però Xenia si sente inquieta: la compagnia del ragazzo le piace, ma per quale ragione lui non le propone mai di andare nella sua camera e la trattiene per lungo tempo?

Ha capito che cosa fa lei in quella casa?

Le sorge un dubbio: se lui non ha compreso la obbliga a perdere del tempo prezioso che potrebbe impiegare con altri clienti (e già la *Maitresse* la sorveglia con sguardo severo), ma se Nico ha capito che è una meretrice perché si comporta in quel modo?

Forse la disprezza, nonostante l'apparente cortesia costante e premurosa? Un chiarimento è necessario e in quel sabato di aprile Xenia si decide ad affrontare l'argomento.

Nico arriva puntuale alle 16.30, come tutti i pomeriggi.

Ha con sé una bellissima rosa candida e la offre a Xenia con un sorriso.

Lei mostra di gradire ma si sente terribilmente imbarazzata per gli sguardi torvi della Tenutaria e per i risolini soffocati delle ragazze in sala.

La storia della loro relazione platonica si è divulgata rapidamente e l'ilarità è serpeggiata tra le Pensionanti. Solo la Mammana non ha un senso dell'umorismo così spiccato.

Il sesto giorno prende Xenia da una parte e le intima:

«Io non tengo le ragazze perché parlino con i clienti. Scopri perché quel tizio si comporta così. Se è un eccentrico sbarazzatene, se è un frocio convertilo, altrimenti la porta è aperta e puoi andare a mendicare per la strada.»

L'*ultimatum* le risuona in testa, insieme ai risolini, alla rosa e al sorriso di Nico.

Per far cessare tutto questo d'impulso prende la mano del giovane e, senza una parola, sale le scale e lo conduce nella sua camera.

Fino a quando non sono nella stanza e lei non ha chiuso la porta lui non dice una parola, quasi avesse previsto tutto.

Xenia gli lascia la mano e si siede sopra il letto, serrandosi le ginocchia tra le mani e volgendo lo sguardo al pavimento scuro.

Dopo qualche secondo alza lo sguardo verso il giovane, che è seduto accanto a lei, e dice sottovoce:

«Perché deve essere tutto così difficile? Ecco, lo sai. Io sono costretta a recitare una parte. Anche tu sei costretto a recitarne una che integri la mia. Perché sei voluto andare controcorrente? Che cosa vuoi sperimentare? Vuoi farmi soffrire? Complimenti,» finisce con tono freddo e distante «ci sei riuscito alla perfezione.»

Nico le prende dolcemente la mano.

«Xenia,» dice con passione «mia bellissima bambina, non hai capito allora? Io ti amo, non è importante se ti ho ritrovato da una settimana, è come se ti conoscessi da sempre!»

«Accidenti,» risponde Xenia ridacchiando con una punta di malignità «mi sembra quasi di sentire i violini in sottofondo … che stile!»

«Perché sei così cinica Xenia?» dice Nico, triste d'un tratto «Fuggi via con me! Questo ambiente ti ha traviato, non te ne accorgi?»

«Eh, che paroloni!» replica Xenia scostandosi da lui «Traviare! Mi trovo bene qui,» (ma quale sforzo fa per dare alla voce un tono convincente), «e poi che cosa potrei fare là fuori per vivere? Bisogna guardare in faccia la realtà, Nicola, da quando ho scontato dieci anni in carcere nessuno mi vuole.»

Si ferma un attimo per prender fiato.

«E se fuggissi via con te? Che faresti? Mi sposeresti?» termina Xenia guardandolo negli occhi e dando alla voce un'inflessione crudele.

Nico si sente ferito dall'ironia di lei. Con una sorta di calma offesa risponde:

«Sì, certo, lo farei, sarei l'uomo più felice della Terra. Insieme potremmo cominciare da zero. Io, tu e … nostro figlio …»

Xenia scoppia in una risata isterica e si stende sopra il letto. Quando si riprende si volta di nuovo verso di lui. Ora parla seriamente:

«Scusami Nico se ho riso così, ma come puoi chiedere a una ragazza, conosciuta da una settimana, che sai essere una donna di strada, di sposarla, e per di più di fare un figlio con lei … è immorale!»

Come risposta l'uomo la stringe dolcemente a sé e replica triste:

«Quello che è veramente immorale è che una donna come te resti qua. Che cos'è che non va in me?» chiede l'uomo rendendo comprensibile il filo interiore dei suoi pensieri «Vuoi che mi tinga i capelli di blu? Lo farò. Vuoi che mi vesta come un *clown*? Lo farò. Chiedimi, e io ti accontenterò. Io voglio che tu mi dica: "Vengo con te" e tutto il resto non conterà più nulla»

«Nico, io …»

I loro volti sono così vicini adesso che basta un piccolo movimento per baciarsi, ma Xenia non vuole.

Ha paura di quell'atmosfera insinuante, come ha timore di perdere la sua indipendenza, di gettare le basi di una speranza irrealizzabile; mentre Nico già unisce le labbra a quelle di Xenia lei si alza di scatto, quasi ricevesse una scossa elettrica.

Quando la donna è in piedi torna a parlare con tono convulso.

«No, ora no. Non posso darti la risposta adesso. Devo pensare. Domani sera ti telefonerò.»

Nico la fissa con occhi lucidi, come se stesse per piangere.

«Come vuoi, Xenia».

Si alza stancamente e si dirige verso la porta.

Prima di andarsene depone sul tavolino un mazzetto di banconote.

«Questi soldi sono per tutte le ore che hai dovuto trascorrere con me, addio.»

E non riesce a impedire, amaramente, che una nota di disprezzo si insinui nella sua voce.

Tremando Xenia si decide ad afferrare il telefono e a comporre lentamente il numero di Nico. Dopo un po' la voce familiare le risponde all'altro capo dell'apparecchio.

Xenia vuol dare alla sua voce un'inflessione formale, quasi asettica, tipo quelle che usano le signorine negli aeroporti per annunciare la partenza di un volo, ma il timbro vocale sfugge al suo controllo e nelle parole risuona una profonda tristezza.

«Ciao Nicola, sono Xenia. Posso chiederti un favore?»

«Sì, amore,» le risponde il giovane «tutto quello che vuoi.»

«Mi prometti di non fare domande dopo che avrai saputo la mia decisione?»

«Sì Xenia,» risponde Nico presagendo il peggio «te lo prometto.»

«Grazie.» dice quasi sussurrando «Ebbene io … io non posso fuggire con te. Mi dispiace, proprio non posso.»

Cade il silenzio.

«Mi immaginavo.» dice l'uomo dopo un breve sospiro «Manterrò fede all'impegno, non ti chiederò niente. Ricordati di me però, della persona che ti ha amato profondamente, fin dal primo istante. Me lo giuri?»

«Sì, Nico» risponde Xenia mentre una lacrima silenziosa le scorre sulla guancia e muore sulle sue labbra.

«Perché vivere è così difficile?»

E questa è l'ultima frase che l'uomo le dice prima di chiudere la conversazione.

Xenia si getta sul suo vuoto, inutile, stupido letto e piange per tutta la notte.

Che grande idiota autolesionista è stata! Perché lo ha lasciato andare? Per la putrida sicurezza di quel luogo misero? O per la sua viltà? Ancora una volta si trova nello stato d'animo espresso da *Blackout*.

If you don't stay tonight
I will take that plane tonight
I've nothing to lose, nothing to gain
I'll kiss you in the rain
Kiss you in the rain …

Lei però lo ha lasciato andare, quella notte e per sempre. Non prenderà mai quell'aereo.

(Per dove, quando, come?). Lei ha tutto da perdere e niente da guadagnare. Non lo bacerà mai nella pioggia.

Si alza dal letto, il volto bruciato dalle lacrime. Percorre la sua camera come una belva in gabbia.

Si tira i capelli e ha delle fitte di dolore. Si avvicina allo specchio del bagno e guarda a lungo la sua faccia sconvolta dal pianto, come un'adolescente, vittima e carnefice a un tempo. Lentamente, con misurato disprezzo, dice sottovoce:

«Mi fai schifo, non meriti di esistere!»

E a suggello di queste parole sputa sulla superficie riflettente e si volta di scatto.

«Get me to the doctor!»

Roma, ospedale, 25 aprile 1999 d.C.

Blackout Sei

Le pareti bianche le vorticano intorno come spiagge deserte, infuocate e abbagliate dal sole.

Vagamente si ricorda il suo gesto disperato, il colore del sangue che le macchia il vestito, il lento torpore di cui è preda.

La viltà ha chiuso infine il cerchio del conformismo, non lo ha scalfito né spezzato.

Xenia si domanda che cosa farà ora che l'hanno strappata dalla morte e lui non è più con lei.

Deve costruire una nuova vita, e ci deve riuscire da sola, anche questa volta.

Si chiede perché ha sempre condotto la sua vita ai margini della legalità, attorniata in modo ossessivo da angoscia, depressione e dalla canzone *Blackout*, ma non trova risposta. Che cos'è il suo, puro masochismo?

Perché ha sempre finito con l'allontanarsi dalle persone che ama? I suoi genitori, Kyria, Nico, sono solo fantasmi dispersi nel tempo.

Perché cerca continuamente di distruggersi?

Mentre riflette vede avvicinare al suo letto una giovane suora. La sua purezza sembra irradiare fiamme al suo passaggio e Xenia la riconosce subito, nonostante che la giovane donna celi i suoi capelli chiari sotto al velo monacale.

«Kyria!» esclama dopo che è passato il primo momento di sorpresa «Sei proprio tu!»

«Sì Xenia, sono contenta di vederti. Ho saputo il motivo della tua degenza e ne sono dispiaciuta. C'è qualcosa che posso fare per te? Come ti senti?»

insiste l'amica con premura vedendo il muto sbigottimento di Xenia.

La ragazza sul letto prende a parlare come se Kyria non avesse detto niente riguardo a lei.

La gioia d'incontrarla le permette di concentrarsi solo sull'amica.

«Kyria! Tutto mi sarei aspettata tranne che di vederti in queste vesti. Com'è nata questa decisione?»

Kyria ha un sorriso di rara luminosità e abbassa un momento gli occhi pudica, una sorta di gaia modestia, una gentile ritrosia a esprimere la genesi della sua vocazione.

In chiunque altro questo atteggiamento sarebbe apparso artificioso ma Xenia capisce immediatamente che Kyria è realmente felice della strada intrapresa, ed è innamorata della sua vita, di se stessa, del suo prossimo.

Ai suoi occhi le persone, povere o ricche, deboli o forti, bambini o vecchi, sono da tutte amare, sempre e comunque, perché in loro lei vede Dio.

«Di preciso non so quando è iniziata, ma già in carcere avvertivo una forza, una voce, che mi diceva di cercare la verità in Gesù, di perdonare gli errori intorno a me e di trovare la mia intima essenza nella preghiera e nel digiuno. Per questo a volte mi allontanavo mentalmente anche da te Xenia, e da Midori, perché volevo ascoltare la voce che parlava dentro di me.»

«Adesso capisco perché eri così distratta a volte, quasi fossi in un'altra dimensione» dice Xenia allacciandosi al filo esilissimo dei suoi ricordi.

«È vero, il mio corpo era lì con voi ma la mia mente era insieme a Dio.» Kyria ha un altro sorriso dolcissimo, poi parla con tono ancora più sommesso.

«Non pensiamo a me, ora. Io ho raggiunto la pace ma tu, Xenia, non hai ancora trovato la tua via.»

Le si avvicina e le prende una mano con un gesto di affetto materno.

«Che cos'hai intenzione di fare, amica mia, dopo che ti sarai rimessa, quando uscirai dall'ospedale?»

A Xenia salgono le lacrime agli occhi. Quante volte si è posta quella domanda: «E dopo?», ma la risposta non è mai stata soddisfacente.

«Non so, Kyria, non so niente. Sono sempre in balìa delle onde.»

«Ora hai trovato un lido dove approdare,» dice Kyria stringendole la mano «entra nell'ordine delle crocerossine, unisciti a me e la tua vita non correrà più il rischio di naufragare.»

«Oh, Kyria,» mormora Xenia guardando la compagna negli occhi «sapessi come vorrei avere la forza, la vocazione che hai tu; ma è impossibile.» termina tristemente dopo un attimo di pausa «Devo raccogliere la sfida che continuamente il mondo mi lancia e inserirmi nella società a modo mio. Devo trovare il mio significato della vita, quello che mi farà meritare il nome di essere umano.»

«Sei già una donna eccezionale, Xenia» dice Kyria, commossa dalle parole dell'amica.

«Grazie Kyria, ma non è vero. Non merito la tua veste, amica mia, ho fatto troppi errori.»

«E sia, Xenia, sia come vuoi. Cerca di non cadere più nelle trappole del maligno e che Dio ti accompagni.»

«Grazie Kyria, questo è l'augurio più sincero che abbia mai ricevuto.»

New York, 20 dicembre 2032 d.C.

Blackout Sette

Adesso ha sessantasei anni ed è diventata grassa e flaccida e trampola sui suoi tacchi altissimi facendo voltare tutti i passanti della *Quinta Avenue*.

Tutti i suoi voti di serietà sono volati via. Eccola lì mettere in mostra senza pudore le sue mercanzie, sempre giocando a sfidare le leggi del "decoro", dell'"onestà", del "buon nome".

Ride, è vero, ma dentro di sé è come se piangesse.

Quale sarà il prossimo *Blackout*?

Get me off the streets
Get some protection
Get me on my feet
Get some direction
Hot air gets me into a blackout

Get a second, get a woo-hoo

Yeah, get a second breath and pass, second go, blackout

Se lo domanda stanca mentre la giostra del mondo non l'attrae più.

Scoppierà una nuova guerra? La crisi economica piomberà sul Paese? Che importanza può avere se lei si sente ormai arrivata alla fine della corsa?

Mentre cammina cala il crepuscolo, intanto.

È freddo, è passato da poco metà dicembre.

I rumori delle macchine, le luci che balenano nella semioscurità, le voci delle persone in movimento, i negozi ancora illuminati la circondano, e non la fanno sentire sola.

Xenia, ipnotizzata da quel caos pulsante, guarda istintivamente le vetrine.

I suoi occhi si fermano sopra una libreria che sfoggia, in bell'ordine, decine di romanzi dai titoli appariscenti e dai colori sgargianti (come vuole la migliore tradizione propagandistica).

A quella vista un'idea folgora Xenia. Perché non scrivere e pubblicare la propria vita?

Sarebbe un racconto trascinante e in breve tempo diventerebbe un *Best-seller*.

Certo, ne ricaverebbero un film e lei farebbe tanti soldi, diventando famosa e amata da tutti. Anche la Stampa parlerebbe di lei, Midori morirebbe d'invidia, Kyria sarebbe fiera di lei, Nico le chiederebbe ancora di sposarla e ...

Roma, 10 gennaio 2033 d.C.

Blackout Otto

«Dov'è andato l'81.947?»

«Di chi parli? Del nuovo arrivato che sta nella stanza con la finestra sul cortile? Quello che si fa chiamare Xenia?»

«Sì, proprio lui. Prima di impazzire del tutto è stato un cantante che ha raggiunto un certo successo nelle feste paesane. Il suo nome d'arte è David Bowie. Ti dice niente?»

«Mmmh, francamente no, ma la mia cultura musicale non è delle migliori. È stato ricoverato un mese fa, vero? Quando ha cominciato a dare segni di squilibrio?»

«È da molto tempo che soffre di crisi schizofreniche, in sostanza da quando era adolescente. Per anni è stato ingestibile. Lui si curava da solo, per così dire, alternando tranquillanti, sesso e gin con lo zucchero. Questo gli ha permesso di comporre alcune canzoni e di suonarle in pubblico,

ma non ha mai veramente "sfondato", come si dice
nell'ambiente.»

«Come mai è finito qui?»

«Ha ucciso alcune persone, due uomini e una donna giapponese. Il suo psichiatra ha cercato di curarlo per molto tempo, con farmaci e sedute, ma alla base pare ci sia un conflitto non risolto con i suoi genitori.»

«E noi che possiamo fare per aiutarlo?»

«Non è nostro compito curarlo, siamo solo infermieri. Noi dobbiamo solo assecondarlo nelle sue manie. Tieni bene a mente: spesso si trucca e si veste da donna, assume atteggiamenti provocatori e gironzola per il cortile. Vive sempre in una realtà parallela. È ossessionato da una canzone. Chiunque lo incontri lo deve chiamare Xenia. Se lo chiami David Jones, il suo vero nome, è capace di spezzarti l'osso del collo a mani nude»

«Ehi, è proprio un bel tipo tranquillo!»

"New York", 12 febbraio 2033 d.C.
Blackout Nove

Avanza ancheggiando, malfermo, sui suoi altissimi tacchi piramidali, incurante del mondo esterno.

Il volto, cosparso di rughe e acciaccato dall'azzurro-lillà delle guance, il turchese acceso sulle palpebre e il *glitter* rosato sulle labbra (secondo l'ultimo *trend* newyorchese), e la sua gonna dagli spacchi vertiginosi fanno voltare più di una persona.

«Quale potrebbe essere l'inizio del racconto?» si domanda mentre tira voluttuose boccate di fumo dalle sue sigarette, come Robin Hood, mentre folate di aria calda gli scompigliano i capelli.

Sicuramente una frase espressiva, di quelle che colpiscono, poi una narrazione calma, meravigliosamente definita.

"La casa è diventata il suo guscio.

Qualsiasi emozione è filtrata, levigata da pesanti e sontuosi drappeggi di velluto. Li ha voluti lui, insieme alle lampade di vetro opalescente che a stento emanano un chiarore capace di penetrare la densa penombra della stanza."

E David Xenia ride forte pensando alla "creatura letteraria" che nascerà.

Sorgerà dal suo fremito d'amore e d'odio, dal suo secondo io, così luminoso e oscuro, così glaciale e appassionato.

Fine

Grazie per aver letto questo racconto. Ti è piaciuto?

Se sì ti chiedo un grande favore, lasciami una recensione su Amazon. Mi farebbe tanto piacere leggere la tua opinione.

Le recensioni sono di grande aiuto per stimolare la curiosità di nuovi lettori ma soprattutto servono a farmi sapere quello che le persone pensano di me, e che cosa devo ancora migliorare nella scrittura, alla quale dedico quotidianamente molto tempo ed energia.

Ricorda che se vuoi essere aggiornato sulle mie pubblicazioni devi iscriverti alla mia *Author page* che trovi su *Amazon Author Central*. Grazie ancora.

Se questo racconto ti è piaciuto ne ho un altro da consigliarti …

2347, morto che parla!
(ossia la reporter nei guai)
di Xenia Kenakis

Può la fantascienza andare a braccetto col comico e col macabro? In questo romanzo breve sembra proprio di sì.

Dubna è una giornalista che vive in una Roma distopica del 2347, alle prese con un ritmo di vita frenetico, computer burloni e androtaxisti spericolati che mettono a repentaglio la sua salute fisica e mentale.

Come se non bastasse la bella reporter è angariata da un dispotico caporedattore che le ordina di trovare notizie sconvolgenti in ogni momento, pena il fallimento del già pericolante gazzettino Roma Scoop.

Così Dubna si trova alle prese con una nuova invenzione: il ritorno dall'aldilà di morti famosi, prenotati dai romani più esigenti; ma quando il diavolo ci mette la coda è inevitabile che succeda un pandemonio, specialmente se le prenotazioni sono state invertite e chi si aspetta di ricevere Marilyn Monroe si trova alle prese con un nevrotico Michelangelo Buonarroti o chi anela incontrare Adolf Hitler ha di fronte Agatha Christie.

Questi e molti altri intrecci avvengono nella notte più pazza che Roma abbia mai visto, quella tra Ognissanti e la Festa dei morti. Riuscirà Dubna a mettere a posto le cose e, soprattutto, riuscirà a vincere l'odioso Fergal?

Il racconto è un crossover: fantascienza, comico farsesco con punte di necrofilia

Ambientazione: 2347, Roma

La struttura del romanzo breve: intreccio lineare, ritmo medio rapido.

Personaggi più rilevanti del romanzo: Dubna, Fergal, Marilyn Monroe, Albert Einstein, Franz Liszt.

Eccone un breve estratto:

Capitolo uno

(Roma, Primo novembre 2347)

Mentre le aeromobili zigzagano per le strade come proiettili calibro 38, mentre ragazzini terribili addentano i polpacci di ottuagenari spossati piuttosto che gelati alla crema, per poi ammettere con belle lacrime di coccodrillo di avere nella faccenda una buona parte di torto marcio, mentre i sommergibili a largo scaricano la solita tonnellata di scorie radioattive, un mormorio serpeggia nell'aria, passa e ripassa sulle bocche dei presenti, solletica quelle prepuberi, indugia languidamente su quelle giovani e carnose, fa digrignare i denti a quelle vetuste:

«Arrivano, arrivano, domani saranno qui!»

Appena ventitreenne, bionda, occhi azzurri, coscia lunga, insomma un vero schianto, tornata da poco in Italia, non capisco la genesi di quel marasma.

Ovunque la gente sembra impazzita e la tensione è talmente tangibile che potrei tagliarla a fette e friggerla (ma non perdiamoci in questi particolari insulsi, altrimenti andiamo a descrivere l'atmosfera, con la solita cappa pesante di nuvole, la temperatura, che è afosa nonostante sia passato *Halloween*, l'ambiente, dall'incredibile bellezza della terza foglia a destra del quinto platano a sinistra, il che prenderebbe come minimo mezza pagina).

Andiamo al sodo, piuttosto.

Con le viscere attanagliate dalla curiosità cerco un chicche e un sia, in grado di darmi spiegazioni.

Mi accosto timorosa, anzichenò, a un vecchietto dall'aria torva, senza accorgermi della sottile linea di sangue che percorre il suo polpaccio destro. Chiedo che mi siano fornite delucidazioni su quello che sta succedendo e quello mi squadra come fossi una marziana appena uscita da un uovo di Pasqua andato a male.

«Cane cornuto di un boia schifoso, da dove cappero arriva lei? Vive fuori dal mondo? Non lo sa che domani corrono i morti? Porco qui, porco là, mi toccherà fare ventiquattr'ore d'inferno!»

«Suvvia signore, si calmi, la prego!» gorgheggio mentre doso bene il fiato e cerco di arginare quel fiume in piena, ma inutilmente.

E mentre quello continua a snocciolare insulti e bestemmie, a mo' di grazioso riempitivo di conversazione, io mi allontano rapida, decisa più che mai a pizzicare un altro individuo e a capire qualcosa di più.

D'altra parte è sempre stato il mio mestiere intervistare le persone per conoscere le verità nascoste della cronaca, ma non avevo valutato il rischio di trovarmi a tu per tu con un avo incappucciato, nonostante l'umidità, e inviperito.

Opto così per un essere appartenente al cosiddetto gentil sesso.

«Mi scusi signora,» sussurro alle spalle di un esemplare femminile dalle tre esplicative misure di 120, 60, 120 centimetri e alta, a occhio e croce, un metro e un barattolo «ardirei sapere che cosa succede nel giorno in cui si celebrano i morti, sarebbe così gentile da spiegarmelo?»

Quella si volta con un sorriso radioso e mette in mostra una dentiera superba a ventiquattro carati

(*Modello Zx-P2-R3*), e si atteggia a diva, a metà strada tra il sensuale e il vorace.

Dopo un attimo, però, si rende conto della mia appartenenza al sesso sbagliato e capisce che da me non potrà ricavare niente di buono, neanche andando in *brodo di giuggiole*.

Ricompone così le labbra pesanti, cariche di rossetto, secondo l'ultima moda dei *Mambo number five* e, con una leggera smorfia di disgusto, esordisce con aria di sufficienza.

«Mia cara, mi meraviglio di lei! Non sa che stanotte verranno in visita i nostri cari defunti?»

«Come come?» balbetto incredula «Mi faccia capire bene, gli estinti tornano sulla Terra?»

«Ma certo!» risponde la donna facendo vibrare con enfasi la lingua sull'arcata superiore degli incisivi che, grazie al varco in esso presente, funziona da fionda micidiale e proietta uno schizzo di saliva un metro avanti.

«Mi scusi,» continuo «ma io ho fatto ritorno da poco in Italia e a quanto mi ricordo questo evento non esisteva l'anno scorso in America ...»

«È vero!» cinguetta *miss* pollastra grassa «il *business* è al suo esordio. Quale emozione! Secondo la pubblicità mettendosi in lista d'attesa puoi agganciare Giacomo Casanova, Rodolfo Valentino, David Bowie ... aaaaah .... per un romantico *tête-à-tête*!»

«Eh, eh, eh!» ridacchio, perché capisco al volo il secondo fine della maggiorata «Bisogna vedere se gli ectoplasmi sapranno compiere il loro dovere di *Latin lover* fino in fondo ....»

Recensioni:

Xenia Kenakis: un'autrice, una garanzia! Non

è la prima volta che la leggo e mi stupisce sempre! Con questo romanzo breve farsesco "2347, morto che parla!" ha superato se stessa!

Già il "preambolo semiserio e semifreddo" è tutto un programma in vero stile Kenakis. L'autrice utilizza un linguaggio chiaro, forbito, che denota un livello culturale alto.

La trama, originale come sempre, vede come protagonista Dubna, una giovane giornalista che vuole dimostrare la sua bravura al capo Fergal, in quale si diverte a metterla costantemente alla prova. E lei, testarda, ostinata e consapevole di saper svolgere bene e con disciplina il suo lavoro, fa di tutto per superare se stessa.

Il romanzo è ambientato a Roma e lo svolgimento avviene tra l'1 e il 2 novembre 2347, una nottata in cui, in seguito a formale richiesta in Vaticano, si ha la possibilità di incontrare i morti, persone note che da anni hanno lasciato la Terra per raggiungere luoghi sconosciuti.

La giovane reporter farà incontri strepitosi! Ma non voglio svelarvi altro, per offrire a voi lettori la possibilità di farvi incantare dalla penna di Xenia Kenakis! Vi assicuro che ne rimarrete entusiasti!

2347, morto che parla!

Credenze religiose e culture diverse hanno attribuito da sempre grande rilievo al culto dei morti. La Chiesa cattolica commemora i defunti il giorno 2 novembre; ma secondo altre tradizioni religiose e popolari in un certo giorno dell'anno i viventi attendono il ritorno sulla Terra dei propri cari defunti.

Da queste consuetudini prende spunto, in un certo modo, il romanzo breve di XeniaKenakis.

Il racconto parte da un'idea bizzarra: l'evoluzione tecnologica raggiunta nel Terzo Millennio permette di evocare sulla Terra i defunti e di associare ciascuno di essi al vivente che ne faccia richiesta, ma quella stessa tecnologia che consente un evento così straordinario non porta a termine correttamente l'operazione e scompiglia alcuni abbinamenti, turbando i sonni del Papa, promotore dell'iniziativa.

Ne conseguono situazioni curiose e paradossali narrate con sottile umorismo: il contrattempo dà luogo a una serie di quadretti surreali costruiti con uno stile originale, ricco di divertenti trovate linguistiche. I molteplici personaggi, tutti defunti celebri, offrono a Xenia l'occasione di mettere a frutto la propria competenza musicale, nonché la padronanza di figure retoriche e altri artifici linguistici che accentuano il tono umoristico dei dialoghi.

Anche con questo romanzo Xenia non delude gli appassionati del fantasy, al contrario rivela una singolare inventiva sia nel nucleo centrale del racconto, sia nello sviluppo dei singoli episodi, che si ricompongono perfettamente nell'imprevedibile conclusione.

La scrittura, come sempre molto precisa e curata, fonde in modo divertente reminiscenze letterarie e linguaggio musicale con slang e parole dialettali, creando effetti ora giocosi, ora grotteschi, senza scadere nell'irriverente. Come non sottolineare l'uso frequente del polittoto! Qualche esempio: nel dialogo tra Einstein e Dubna "E che le ha detto?" – incalza quello, sorpreso che la sua sorpresa mi abbia sorpreso. E tra Agatha Christie e Dubna "Se sapessi che cosa fare non starei qui a fare ciò che non voglio fare!".

I personaggi sono ben delineati, sia gli estinti celebri, tornati per un giorno in carne ed ossa dall'aldilà, sia i viventi che hanno richiesto di incontrarli. Dubna Becker è la fotoreporter dai capelli biondi di Roma scoop, che deve indagare sulle reazioni provocate dagli accostamenti indesiderati. Incalzata dal suo caporedattore, super corredata di sofisticate attrezzature tecnologiche, Dubna si lancia nelle sue ricerche in una Roma del futuro affrontando positivamente criticità e disagi.

E dopo il sorprendente epilogo la giovane reporter è certamente pronta per nuove avventure.

Giudizi dei lettori:

Questo 2347 assomiglia al nostro mondo consumistico. Gli slogan sono molto carini.

Mi ha fatto un po' impressione leggere un lieto

fine…. Mi sono chiesto: "Chi è questa? Che ne avete fatto della vera Kenakis? Uscite dal suo corpo!"

In qualche punto mi son fatta certe risate! Soprattutto quando Dubna va a mangiare e poi ordina la bibita "Cochy Doghy", buona per digerire e buona per star svegli che mi ricorda tanto la Coca Cola!

2347, morto che parla! è già disponibile.

Acquistalo su Kindle Store di Amazon.

Leggilo gratuitamente con l'offerta di Kindle unlimited.

Ordinalo cartaceo su Amazon.

Segui la scrittrice su Facebook, Instagram, Twitter, Google plus e Youtube.

Grazie per l'attenzione

36838644R00077

Printed in Great Britain
by Amazon